Die Kinder der Shiunji-Familie

Inhalt

Wir befinden uns in Japan. Postleitzahl 157-0066.

Tokio. Seijo im Stadtteil Setagaya.

Hier ist also das berüchtigte ...

Ach, hier ist es also.

... rankt sich ein Gerücht, das man sich auf der Setagaya-Bahnlinie erzählt.

Eine der nobelsten Gegenden der Stadt.

Doch um diesen Ort ...

Zahlreiche Bedienstete arbeiten dort und kümmern sich um alle Belange.

Shiunji

Hier steht das Anwesen eines Unternehmers, der es innerhalb einer Generation zu großem Reichtum geschafft hat.

Außerdem leben dort sieben Geschwister ...

... die ausnahmslos von unvergleichbarer Schönheit sind.

Kapitel 1 🖋 Das Geheimnis der Shiunji-Familie

Arata (16)

Sag mal, Shion. Was genau muss ich tun ...

... um eine Freundin zu kriegen?

Shin*, auf was für Mädchen stehst du denn?

Shion (15)

Keine Ahnung.

Perfect! Card Level UP!

* Aratas Name kann auch Shin gelesen werden und daher nennen einige Geschwister ihn so.

Aus Sangen-jaya.

Ui, eine Ultra-Rare!

Hm? Du hast dich in 16 Jahren nie angestrengt. Wo kam der Tatendrang her?

Es reicht, wenn du mir verrätst, wie es mit Yu ge-klappt hat.

Wo gibt es überhaupt solche Lollis zu kaufen?

Tja ... Ich habe mich be-müht.

Wann warst du denn da?

Ges-tern.

In Harajuku.

Du musst es doch gar nicht überstürzen.

Nun ja. Als ältester Sohn stehst du natürlich mehr unter Druck als ich.

Aber mach doch einfach in deinem Tempo.

Von unserem Vater.

Pah! Ich überstürze es gar nicht!

Ich habe nicht gesagt ...

... dass ich es für Vater mache.

Ich wollte nur vorbereitet sein, wenn es dann so weit ist, ja?!

Hm ...

Du bist so durchschaubar.

...

Paaamm'

Se...

...!

Ich wollte mal bumsen.

Game Clear!

Perfect!

Na ja, ich hatte es schon eilig.

PERFECT

War es denn gut?

Jo, schon.

Ach? Und was genau?

Wutschack

Blaulichtfilter in Brillen sollen übrigens nutzlos sein.

Katank

Hier ist ein Tee für dich!

!!

Als wir in Mie waren.

Was ist denn mit dem Mädchen, das dir gefallen hat?

So kenne ich dich, Shin.

Du bist so verlässlich.

Bl...

Blödmann! Ich bin der Älteste! Ich kann nicht einfach wie du aus einer Laune heraus rumturteln.

...

Das mag ja sein.

Du bist der Erbe der Shiunji-Familie, du könntest allen Spaß der Welt haben ...

Shin, schieb's doch nicht auf die lange Bank.

... dass ich sie ganz süß finde!

I... Ich habe nur gesagt ...

... an eine schicksalhafte Begegnung glauben.

Polter
カタン

Es ist ja auch nicht so, als würde ich ...

!

Dennoch will ich noch viel weniger denken ...

... dass es gar kein Schicksal gibt.

Oh! Da sind sie!

Du machst dich nur über mich lustig, oder?

Doch schon seit zehn Jahren.

Ein neuer Spruch von Arata.

Hoppla. Das muss ich abspeichern.

Nimm mich nicht einfach so auf!

Noch zwei und es reicht für einen Kalender.

Tapp
タッ

...

Seiha (17)

Jungs unterhalten sich zu einem Zehntel über Hobbys, zu drei Zehnteln übers andere Geschlecht und zu sechs Zehnteln über unanständige Dinge.

Ich kann mir vorstellen, über was sie geredet haben.

Ouka (16)

Was tuschelt ihr beiden da?

Für Erben der Shiunji-Familie ist das ganz schön peinlich.

Banri (18)

Minami (15)

Meine Güte, Minami. Du hast dich bei drei plus sechs verrechnet.

Dann also acht Zehntel über Mädchen.

Ah ha ha

Kotono (14)

...

Oh, sorry, ich habe einen Bonus bekommen.

Sehr gut, Ber! Beiß dem Perverso sein wichtiges Stück ab!

Grrrrrrrr

Rette mich, Shion!

Garr

Garr?

Shion ... Auaaaa!

Er beißt! Er beißt mich wirklich!

Einfach nur gut.

Ah ha ha! Schon wieder.

Oh ho ho ho

Ouka, du lachst zu viel, oder?

Oh ho ho ho ho

Das ist die Strafe dafür, dass du deine Schwestern so lüstern anschaust!

Das ist echt widerlich und gehört sich nicht.

... etwas Fischkuchen.

Da hast du ...

Sehr gut gemacht, Ber.

Haff Haff Haff

Ihr seid meine Schwestern.

Warum sollte ich ausgerechnet eure Körper lüstern anschauen?!

Tja, es war dennoch ganz schön schockierend.

Stimmt. Er war ja fast schon beim achten Zimmer!

...!

Ich habe das doch schon mehrfach erklärt!

Da... Das war nur ein Missverständnis!

Sagst du zwar, aber was war diese Sache mit Kotono?

... ...

... ...

... ist das doch normal, oder?

Also in gewissem Maße.

Für einen ungelegten Oberschüler ...

Ey!

Boing

Ouka, sei doch nicht so streng mit ihm.

Wusch

Er ist täglich von süßen Mädels umgeben.

Das ist doch ganz natürlich.

Mensch! Banri, musst du das immer mit ihm machen?

Du bringst den Perverso noch auf Abwege!

Du bist so schlampig!

Ha ha!

Nenn mich nicht Jungfrau!

Wer ist hier denn auf Abwegen?!

Unsere Logikprinzessin wird sich doch auch mal in jemanden verguckt haben, oder?

Menschen verhalten sich aber nicht nach wissenschaftlicher Erkenntnis.

Niedere Gefühle für Schwestern zu entwickeln, würde dem Fortbestand der Art also im Weg stehen.

Es ist gar nicht natürlich. Es ist biologisches Allgemeinwissen, dass Inzest einen schlechten Einfluss auf die Gene hat.

Oho. Du wirst aber rot.

Die Zweit- und Drittälteste sind echt unbeleckt.

... gar nicht.

Das habe ich ...

Du machst das schon wieder!

Wieso das denn?!

Oh, toll gesagt, Schwester.

Dank...

Wusch

Ach, meint ihr?

Ich finde, dass Shin ein toller Mann ist!

Sorry. Hab eben *Smash Bros.* gespielt.

Was soll das denn?!

Urghs!

Dotsch

Ich mache das nie wieder.

Aber so muss man wohl sein, um es nach Olympia zu schaffen.

Minami, ist das vom Sport oder ist es dein natürliches Talent?

Ach stimmt ja.

Aber Shion, hast du mich gerade wieder nur Ouka genannt?

Ouka, mein Schwesterherz.

Viel besser!

Und? Aus welchem Grund seid ihr hier?

Bitte vergeude nicht Papas DNA.

Dafür ist er innerlich komplett verdorben.

Tja, zumindest sieht er gut aus.

...

Ihr redet nur komisches Zeug ...

Vielen Dank, Banri.

Du auch, Shion.

Wie schaut es mit euch beiden aus?

Wir Schwestern hätten Samstag Zeit.

Morgen treffen wir uns schon mit der ganzen Familie, da müssten wir mal am Wochenende schauen.

Zur Feier von Kotonos Geburtstag wollten wir doch zusammen ausgehen.

... niemals draußen —so.

Nenn mich bitte ...

Ja, habe ich.

Was denn, Perverso? Hast du schon was vor?

Gut. Dann ist es entschieden.

Okay. Ich habe am Sonntag ein Date.

Was ist mit mir?

Verheimlichst du uns was?

Was denn? Das geht doch auch Sonntag, oder?

Shin, du bist ja viel beschäftigt.

Wie? Na in Ordnung ...

Äh, nein ... Ich wollte nur ein neues Handy ...

...

Stimmt. Unser Vater kommt ja auch heim.

Den Plan verraten wir dann morgen bei der Geburtstagsfeier.

Wir sollten langsam zur Schule ...

Juhu! Abgemacht!

Wah Wah

成城学園前駅
Seijogakuen-mae Station

Odakyu

Hey, schau doch mal.

Wie? Sind das die, von denen alle reden?

Gehen sie auf dieselbe Schule?

Flüster

Flüster

ひそ

ひそ

ざわ

ざわ

Brabbel

Brabbel

Die Älteste geht auf die Uni und die Jüngste noch auf die Mittelschule. Aber sie fahren in dieselbe Richtung.

Das Showbusiness scheint auch Interesse an ihnen zu haben.

Die Eltern müssen eine Nummer für sich sein.

Echt ein Wunder, dass sie alle so unterschiedliche Gesichter haben.

Wollen sie sie als Schwestern ins Geschäft bringen?

Das könnte sein.

Aber auch getrennt wäre jede einzelne sicher eine Goldgrube.

Hach. Ich hätte auch gerne so gute Gene.

... kann ganz schön weh-tun!

Der Schlag eines Mäd-chens ...

Irgendwie.

Du verstehst das doch, oder?

Sie hauen mich, aber ich darf nicht zurückhauen.

Es ist doch immer dasselbe.

Nun ja ...

Zudem sind Eltern ihren Töchtern gegenüber nachsichtiger. Bei einem Streit zieh ich also immer den Kürzeren.

Bei Abstimmungen ist man immer in der Minderheit.

Wie ein einzelner Junge an der Mädchenschule steht man alleine unter Frauen da.

Die Leute verstehen nicht, wie es ist, von fünf Schwestern umringt zu sein.

Arata ist nun mal ein Junge.

Dürfen zuerst die Jungs oder die Mädchen ins Bad?
Eine überragende Mehrheitsentscheidung

Ach? So ein Geräusch macht er also bei einem Chicken Wing Arm Lock.

wäääh

Hör bitte auf, Ouka, mein Schwesterherz.

Nun ja. Als ich kleiner war, wurde ich auch manchmal von ihnen geärgert ...

Natürlich stellen sich da alle komische Harem-Liebesgeschichten vor.

!

Tja, aber das lässt sich nicht ändern. Wir leben nun mal mit fünf Schönheiten unter einem Dach.

Ihr cooler Charakter und ihr helles, frisches Aussehen sorgen dafür, dass sie besonders von einem Teil der Maniacs unterstützt wird.

Seiha, die Zweitälteste, ist 17 Jahre und in der zwölften Klasse. Sie ist Präsidentin vom Naturkundeklub und die Nummer eins beim Standardtest.

Tja, das wäre nicht schlecht.

Es gibt das Gerücht, dass sie den Rekord für die meisten Liebeserklärungen unter den Absolventen hält.

Nach den Fanklubs scheint sie am beliebtesten zu sein. Sie möchte Krankenpflegerin werden, ist lieb und hat einen fröhlichen Charakter. Daher wird sie von Jüngeren wie Älteren gemocht.

Banri, die Älteste, ist 18 Jahre alt und im ersten Jahr an einer renommierten Uni.

Sie hat auch viele Freunde.

Ungeachtet ihres Geschlechts gilt sie als Hoffnungsträger für den Posten des Schülersprechers.

Ouka, die Drittälteste, ist 16 Jahre und in der elften Klasse.

Ihre Noten reichen nicht ganz an Seihas heran, sind aber dennoch hervorragend. Dazu ist sie sportlich. Sie ist ein Ass im Schwimm und Leichtathletik-klub.

Sie wurde schon von Topprofis gescoutet und wird in Zukunft nach Olympia fahren.

Sie wirkt etwas jungenhaft und ist besonders bei den Mädchen beliebt.

Minami, die Viertälteste, ist 15 Jahre und in der zehnten Klasse.

Sie ist ein kleines Genie und ist bis letztes Jahr drei Jahre in Folge Tennismeisterin der Mittelschulen geworden.

Sie sieht wie ein kleines Haustier aus, aber ihr Blick wirkt erwachsen.

Sie hat einige leidenschaftliche Fans und ist fast wie das Idol der fünf Schwestern.

Kotono, die Fünftälteste, 14 Jahre, neunte Klasse.

Sie ist die einzige Mittelschülerin bei uns.

Für die anderen sind sie nur hübsche Mädchen.

In einem Anime tut ein Schlag sicher nicht weh.

Du redest hier über deine leiblichen Schwestern. Was geht denn mit dir?

Was soll denn der Spruch?

Ich habe das doch erklärt.

In dem Moment hatte ich gar keine andere Wahl!

Aber sie hat es dir direkt gesagt, oder?

Jetzt fängst du auch damit an?

Was?!

Hat sich das geklärt?

Außerdem ... gab es den Vorfall mit Kotono, oder?

Ich bin ihr Bruder.

Das versteht sie doch sicher auch.

Es ist egal, dass sie »Ich liebe dich« gesagt hat ...

Vor dem Haus steht übrigens auch oft ein Wagen mit getönten Scheiben.

!

Sind das Talentscouts?

Hm ...

Tja, dann ist ja gut.

Ich halte es aber kaum noch aus, dass die Jungs aus meiner Klasse alle wollen, dass ich sie ihnen vorstelle.

...

Grins

シッ ガッ Watsch

Traust du dich deshalb nicht an die Mädels ran?

Babumm

Oje.

Klingt ja nach einem echten Kindheitstrauma.

S...

So ist das doch überhaupt nicht!

...!

< Klasse 2-4 (31)

Rara Yokoyama

...chten Anrufen Videoanru...

Tomm,

Tomm,

...!

Automatisch Freunde hinzufügen

Ich vergesse das mit der Anfrage.

Roll

Urgh! Das kann ich nicht! Wenn sie mir 'nen Korb gibt, überleb ich das nicht.

Selbst eine Freundschaftsanfrage ist für mich unmöglich!

Hat er

...

...damit womöglich doch recht?

Watsch

Klingt ja nach einem echten Kindheitstrauma.

Traust du dich deshalb nicht an die Mädels ran?

Ohne meine fünf Schwestern würde ich vielleicht mit Rara zusammen sein.

Hmmm

Hmmm

Aber dann sitze ich echt in der Patsche, oder?

Ich wollte mal bumsen.

Na ja, ich hatte es schon eilig.

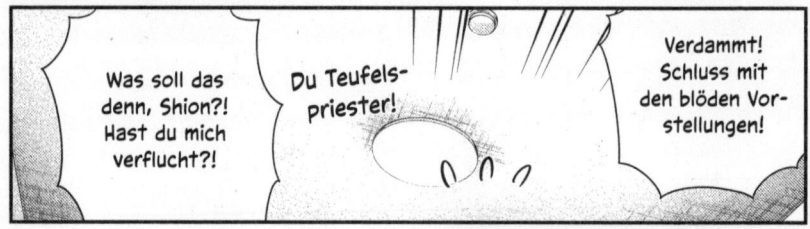

Was soll das denn, Shion?! Hast du mich verflucht?!

Du Teufels-priester!

Verdammt! Schluss mit den blöden Vor-stellungen!

Klopf

Klopf

!

Ja?

... hängt es doch von mir ab.

Ich sollte nicht anderen die Schuld geben.

Haaach

Tja, am Ende ...

Hm? Welche Notizen?

Watschack

Ich war letzte Woche krank und hab deshalb Mathe II verpasst.

Kann ich deine Notizen leihen?

Sag mal, Arata.

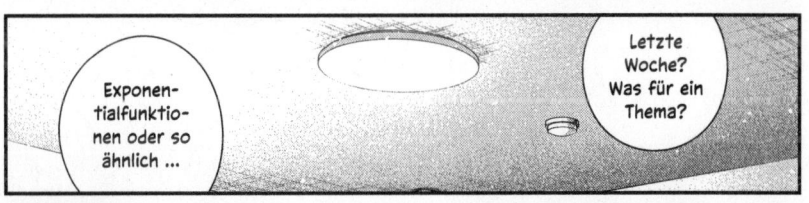

Exponentialfunktionen oder so ähnlich ...

Letzte Woche? Was für ein Thema?

Tja, der Unterrichtsstoff war nicht besonders schwierig.

Ich verstehe ...

Mach dich nicht lustig.

Für solche Momente lohnt es sich, einen Zwilling zu haben.

Etwa hier?

Oho. Du hast aber schön mitgeschrieben.

Zuck

Sag mal ...
Bist du nicht
etwas zu leicht
bekleidet?

Mein
Körper ist
doch nichts
weiter als
Substanz,
oder?

Als wir klein
waren, haben
wir gemeinsam
gebadet.

Hä?
Zu Hause
kann ich doch
tragen, was
ich will.

Denkst du denn an gar nichts anderes?

Was ist, wenn jemand außer uns dich so sieht?

Ich meine das jetzt ganz allgemein.

Substanz also ...

Habt ihr etwa heute Morgen darüber geredet?!

Shion hat mir da was erzählt.

Hä?! Was? Das Schwein!

Apropos! Sag mal!

Wer ist denn das Mädchen, das du so magst?!

Wir sind aber zweieiig, oder?

Warum behauptest du das nur in solchen Momenten?!

Wir sind ein Herz und eine Seele, oder?!

Ist doch egal! Wir sind doch Zwillinge!

Jetzt verrat schon.

Wieso fragst du das denn so plötzlich?!

Ist es echt Rara?!

Wie?! Rara?!

Es ist Yokoyama ...

Ich habe nur gesagt, dass sie ganz süß ist ...

Hä?!

Jetzt mal langsam ...

Ich bin mit ihr im Schulkomitee!

Soll ich euch verkuppeln?

...!

Tipp

Tipp

Sie wohnt auch nicht weit weg ...

Man könnte am Wochenende was unternehmen ...

Oder jetzt gleich ...

!

Aber drucks dann nicht so rum, ja?

Ich werde dir schon nicht dein Geständnis wegnehmen ...

Wie? Was denn? Warum denn nicht?

I... Ich habe doch gesagt, dass da weiter nichts ist!

Schreib nicht ungefragt so was Leuten!

Arata, du bist doch der Stammhalter der Shiunji-Familie.

Auch für unseren Vater ...

... bin ich verpflichtet, dir bei Liebesangelegenheiten unter die Arme zu greifen.

Hör auf, dich einzumischen!

Ich habe aber mein eigenes Tempo!

Hrmpf

...I

Und dennoch ...

Jaja. Schon kapiert.

Ich wollt ja nur helfen. Aber wenn meine Hilfe nicht erwünscht ist ...

Tut mir echt leid!

ぱたん

Klapp?

Dann sieh halt selbst zu, wo du bleibst!

So ein Schwachmat wie du wird nie eine ordentliche Frau finden!

Bäääh!

...

Danke für die Notizen!

Knall--!!!

Was?!

Vielleicht ... habe ich doch ein Manko ...

Eventuell nicht nur eins.

Urgh ...

Natürlich stellen sich da alle komische Harem-Liebes-geschichten vor.

Wir leben nun mal mit fünf Schönheiten unter einem Dach.

Tja, aber das lässt sich nicht ändern.

Wieder-sehen.

Wieder-sehen.

Oh!

Hey, schau mal dort.

Für wen soll ich denn nächstes Mal stimmen?

Da ist das Trio.

Allein für diesen Anblick jeden Nachmit-tag hat es sich gelohnt, auf diese Schule zu gehen.

Das ist echt geil. Ich könnte sie mir ewig anschauen!

Hast du keine anderen Ambitio-nen?

Voll toll.

Sie sind so auffällig.

Überall erregen sie Aufmerksamkeit.

Ha ha! Unsere Schwestern sind echt beeindruckend.

... überhaupt nicht zu verstehen ...

Sie scheinen es alle ...

... soll das eine Harem-Liebesgeschichte sein?

Wie genau ...

Heute Abend ist aber die Geburtstagsfeier.

Bis später, Shin.

Klar doch.

Komm schnell nach Hause.

Wir hätten genauso gut sieben Jungs sein können.

... und zwei jüngere Schwestern.

... eine Zwillingsschwester ...

Ich habe zwei ältere Schwestern ...

Wir leben unter einem Dach und sind Geschwister.

44

Wäre es für mich denn überhaupt möglich ...

Wenn mir mal ein Mädchen gefällt, mischen sie sich sofort ein ...

Nur wenn es ihnen in den Kram passt, verlassen sie sich auf mich, weil ich der älteste Junge bin.

Als ich klein war, wurde ich von den älteren (und dem Zwilling) geärgert.

Auch an den jüngeren habe ich mir die Zähne ausgebissen.

... ohne fünf Schwestern zu haben?

... eine andere Zukunft ...

Ach, Tak.

Du bist aber spät.

...

Tak, mit dir gehe ich überall hin.

Wollen wir zum TDC?

Schicksal bedeutet ...

... dass es von Anfang an vorherbestimmt ist.

... oder die Lebensgefährtin.

Wie die Anzahl der Geschwister ...

So langsam ...

... wird es Zeit.

18 : 55

Watschack

Perfekt für eine Geburtstagsfeier.

Steht mir ganz gut, was?

...

Das sagt Papa immer.

Kleider machen Leute.

Irgendwann trifft man jemanden ...

Er ist gerade aus Afrika zurück.

Er hat wie immer viel zu tun.

... und verliebt sich.

Oh, Ouka. Das Schwarz steht dir.

Wo ist Papa?

Macht mich erwachsen, was?

Du bist spät dran, Seiha.

Dein Kleid ist echt schön.

Zum Glück bist du noch rechtzeitig da, Seiha.

Papa kommt gleich.

Ich wusste nicht, was ich anziehen soll.

Was für Kinder kriegt man?

Da... Danke.

Kotono, Lila steht dir echt gut.

Glückwunsch.

Wie heiratet man?

...

Frau Yamaguchi, ich hätte gerne O-Saft.

Er war eben nicht in seinem Büro.

Papa ist doch spät dran.

Wie soll man sein Leben führen?

... dass es feststeht und man gar nicht dagegen ankämpfen muss.

Ja, Fräulein Minami.

Wie? Sicherlich zieht er sich gerade um.

Es könnte ja sein ...

Ich hatte dir die Airpods geliehen! Was machst du denn?

Hä?! Verloren?

Hä?!
Aber wie soll ich denn nur einen benutzen?

Bestimmt ist er irgendwo im Zimmer.

Plötzlich war halt nur noch einer da.

Du solltest nicht nur Sport machen, sondern auch mal ein wenig lernen, oder?!

Also echt, geliehene Dinge zu verlieren, geht mal gar nicht.

Ich suche morgen weiter ...

Ich habe sie dir doch nur geliehen, weil du deine verloren hast, oder?!

Ich habe gesagt, dass ich sie dir ersetze, wenn sie weg sind, oder?!

Was?! Das hat doch nichts mit dem Lernen zu tun!

Hä?! Wirst du jetzt aufmüpfig?!

...!

Beruhigt euch bitte wieder.

Wir feiern hier einen Geburtstag.

Ouka, du hast doch auch mal eine Brosche von unserer Mutter verloren!

Dafür habe ich mich schon mehrfach entschuldigt, oder?!

... ihr beiden.

Immer mit der Ruhe ...

Ich brauch dich auch nicht!

Das ist echt das Letzte!

So eine Schwester wie dich brauche ich nicht, Minami!

Redet keinen Unsinn!

Ihr
alle
...

...
meine
kostbaren
Geschwis-
ter.

Das Thema verschieben wir jetzt auf später.

Jetzt beruhigt euch. Vater kommt auch gleich.

Sicher findest du ihn eh bald.

Aber zumindest ...

W... Was spielst du dich plötzlich als ältester Sohn auf?

Das ist echt peinlich!

Aber zumindest uns Kinder der Shiunji-Familie ...

Oh, Vater!

Seid mir gegrüßt ...

... meine süßen Töchter.

Südafrika ist in letzter Zeit voll mit Einkaufsstraßen und Markenläden.

Wow! Ein lilafarbenes Kleid! Fantastisch!

... würde die launische, egoistische Vorherbestimmung ...

Lasst uns zu Neujahr hin!

Alle zusammen.

Ja, ich möchte da mal hin!

Wirklich?! Juhuu!

... und somit das Schicksal ...

54

Ich muss euch vor dem Essen etwas erzählen.

Wie?

Ich hatte beschlossen, dass ich es euch ...

... zu Kotonos 15. Geburtstag sage.

Das ändert natürlich überhaupt nichts daran, dass ich euch ...

... als Vater alle liebe.

Ich will es kurz und ohne Umschweife machen.

... jetzt ganz schön aus der Bahn werfen.

Dann mal guten Appetit!

Aber vorher noch eine Sache.

Die Kinder
der Shiunji-
Familie

Die Kinder der Shiunji-Familie

Mo...

Seiha's Room

Banri's Room

Arata's Room

Ouka's Room

Minami's Room

Mo-ment mal ...

Shion's Room

Kotono's Room

Ähem

Aber ihr seid nun alle alt genug, um die Wahrheit zu erfahren.

Tja, nun, einfach gesagt, ihr seid adoptiert!

Das kommt jetzt sicher überraschend für euch.

Ich hatte Chihiro versprochen, dass ich es an Kotonos 15. Geburtstag erzählen würde.

Aber der Rest von euch ist nicht blutsverwandt.

Minami und Shion sind echte Zwillinge.

Adoptiert?! Etwa wir alle?!

Was redest du denn da?!

Moment! Was soll das bedeuten, Vater?!

Ah ha ha

...!

...

Nein,
es ist
wahr.

Wir wollten
doch gerade
die Geburtstags-
feier steigen
lassen!

P... Papa,
das ist nicht
lustig! Ist das
so ein komischer
amerikanischer
Scherz?

...!

Ich bin überzeugt, dass ihr mit der Wahrheit umgehen könnt.

Ich verstehe eure Verwirrung.

Ihr könnt mir jederzeit Fragen stellen. Ich schwöre, ab jetzt ehrlich zu sein.

Jedoch war es so mit Chihiro abgemacht.

Ein Dinner ist doch ein freudiger Moment, oder?

Klatsch

Jetzt wollen wir Kotonos Geburtstag feiern!

Das wär alles!

Klacker

カチャ Klacker

Also dann, Frau Yamaguchi. Das Horsd'œuvre, bitte.

Schnips パチン

Kläcker カチャ

Klacker カチャ

カチャ Klacker

Se...

Sehr wohl.

... Tut mir leid ...

... dass Vater schon wieder fort ist.

Das war lecker.

Ich bin pappsatt!

Haaach

Ach, wegen der Untersuchung in der achten Klasse?

Deswegen nennen wir sie ja auch Endorphin-Minami.

Ich weiß schon gar nicht mehr, was es alles gab.

Beeindruckend, wie viel du essen kannst.

Du?

Nö.

Ah ha ha! Das war echt lustig.

Meine Werte waren crazy hoch.

Soll das etwa lustig sein?

Nun ja. Da wir aber nicht verwandt sind, hat das nichts mit Vererbung zu tun.

Zumindest dein Optimismus ähnelt dem von unserem Vater.

Frau Yamaguchis Essen gibt mir immer so ein wohlig warmes Gefühl.

Das war der allerbeste Moment.

Ich weiß ja, dass es nicht Papas Schuld ist ...

... aber hätte es dafür keinen besseren Moment gegeben?

Da es außerdem ein Versprechen an unsere Mutter war ...

... ist der fünfzehnte Geburtstag von Kotono doch angemessen.

Das ist kein Thema, das man ewig aufschieben kann.

Nun ja ...

Logisch mag das Sinn machen ...

...

Du machst dir viel zu viele Gedanken!

Es ändert doch nichts daran, dass er uns alle liebt.

Da...

Das weiß ich doch auch.

Aber ist es denn falsch, dass ich traurig bin ...

... weil Papa es bis jetzt verheimlicht ...

... und uns so lange reingelegt hat?

Rein rechnerisch warst du vier Jahre alt, als Kotono Teil der Shiunji-Familie wurde.

Banri, was denkst du denn?

Wie?

Hm, aber ...

Ist da etwas?

Genau. Erinnerst du dich an etwas?

Ich habe kaum Erinnerungen an meine frühe Kindheit ...

?

...

Es ist gar nichts ...

Äh, nein ...

Wie?

Mhm. Es ist wirklich nur eine Kleinigkeit.

Und sowieso würde das doch jetzt nicht groß etwas ändern, oder?

Tu nicht so abgebrüht, das glaubt dir eh keiner.

Was denn? Sag schon.

Ich wundere mich jetzt über gar nichts mehr.

Über meinen Scherz könnte ruhig jemand lachen.

Bei der Kleinen kommt es gut an.

Ah ha ha ha ha

Wir waren 15 Jahre ständig zusammen ...

... und selbst wenn wir nicht blutsverwandt sind ...

... bleiben wir doch weiterhin Geschwister, oder?

...

Wie eine älteste Schwester.

Das hast du schön gesagt.

Tja, damit hast du schon recht.

Du bist echt toll, Banri.

Danke, Shion.

...

Und fertig!

Gute Nacht.

Da... Danke ...

Noch mal Glückwunsch zum Geburtstag, Kotono.

Freu

ト7 イ

Freu

ト7 イ

Morgen müssen wir früh hoch.

Schlafenszeit.

Drops

...

...

Plumps

Hach

Arata's Room

Was auch geschehen mag, mein Vater bleibt mein Vater.

Aber bringt ja nichts, sich darüber den Kopf zu zerbrechen.

Das heißt doch, dass ich noch andere Eltern habe, oder?

Ich dachte, so etwas gäbe es nur im Fernsehen oder Kino ... Das ist echt schockierend.

Irgendwie war das ein verrückter Abend. Adoptiert? Wir alle?

... bleiben wir doch weiterhin Geschwister, oder?

... und selbst wenn wir nicht blutsverwandt sind ...

Das ändert doch überhaupt nichts. Oder?

Banri hat vollkommen recht.

Eine Jugendkrise ↓

...

Bath Room

So ein blöder Tag!

Ich gehe baden.

...!

Ouka verhält sich jedoch wie ein Kind.

Aber immerhin sind wir alle fast erwachsen.

Wäre das in der Grundschule passiert, wären wir sicher alle in Panik ...

Von wegen Harem-Liebesgeschichte.

Hach

Verdammt.

Das ist kein Traum.

... ändert das doch überhaupt nichts.

Nur weil wir jetzt wissen, dass wir keine echten Geschwister sind ...

... geht so auch noch weiter.

Mein Leben als einsamer Junge an einer Mädchenschule ...

Watschack

....!

!!

Knall

...!

So... Sorry!

Bist du etwa schon im Bad?!

D... Du doch auch, Bruder ...

Warum schäme ich mich denn?!

Du warst unfassbar leise!

Bist du ein Ninja?

Tapp

Sag mir Bescheid, wenn du fertig bist!

Wirbel

...!

B... Bruder!

!!

Mach es mir bitte ...

... wie immer, ja?

Wie?

Mensch.

Mein Körper ... ist etwas steif ...

Du bist in der Neunten und kannst dir nicht selbst den Rücken waschen. Wenn das in der Schule die Runde macht, machen sich alle über dich lustig.

Ou oder Minami oder so.

Da ist ... normalerweise immer jemand ...

Was machst du denn in einem Onsen?

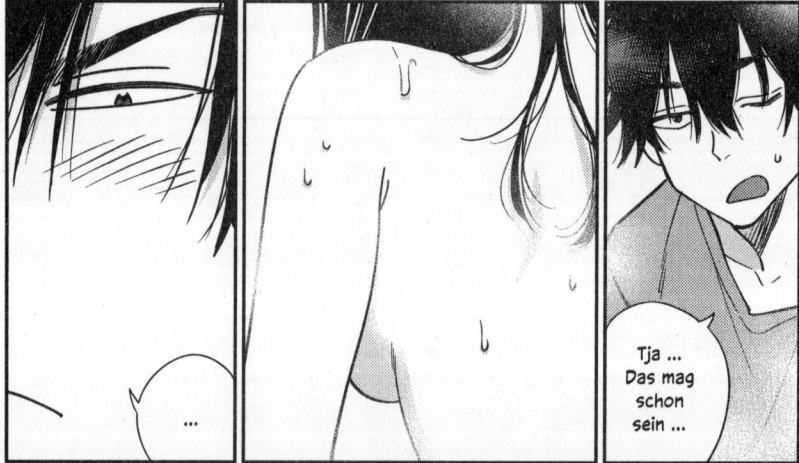

...

Tja ... Das mag schon sein ...

Bruder ... du bist zu empfindlich.

Schwupp

Ich sage es jedes Mal! Fünf Minuten bis zum Hals! 10 Minuten bis zur Hüfte! Nach der Zeit ist man vom Bad komplett aufgewärmt!

So. Ich bin fertig. Mach den Rest alleine.

Ich gehe dann mal.

Wärm dich schön auf, damit du dich nicht erkältest.

Heute ist wirklich viel passiert.

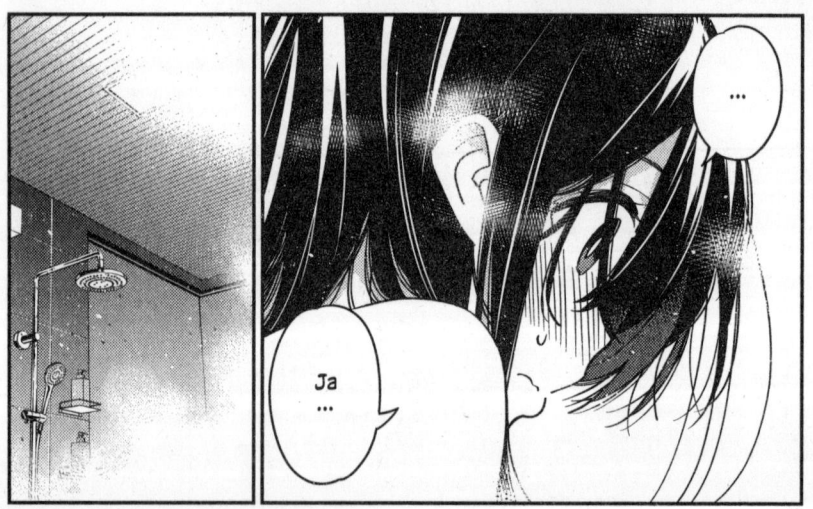

...

Ja ...

Puh!

Klonk コト

Oh

!

... Brüder-
chen.

Zu lange wach
zu bleiben, ist
nicht gut fürs
Erinnerungs-
vermögen ...

Ouka
...

... mein
Schwes-
terherz. ♪

Du
Ouka.

So ist
gut.

Ich kenn sie nur aus den Erzählungen von Papa.

Wir kennen sie doch kaum.

Dabei waren wir fünf Jahre zusammen.

So hat Mama das gemacht, oder?

Ein Kamillentee vorm Bett.

Ach, bei ihren Noten muss sie das sicher nicht.

Ach ja? Aber sie ist die Jüngste.

Als ältere Geschwister müssen wir sie unterstützen.

Heute ist wirklich viel passiert, oder?

Kotono tut mir leid. Dabei war es ihr Geburtstag.

Und sie muss für Prüfungen lernen.

Ah ha ha! Das war unmöglich.

Sie ist immer zu ihrer Familie nach Hause gefahren, oder?

Kinder kriegen echt nichts mit.

Eigentlich hätten wir ja wundern müssen, wie viele Kinder Mutter bekommen soll.

!

Was denkst du denn darüber? Du hast heute kaum etwas gesagt.

Das wäre doch seltsam ... Ha ha!

Aber möglich wär's.

Er wusste, dass es uns verwirren würde ... Eigentlich hätte er es doch sein ganzes Leben lang verheimlichen können.

Tja, das stimmt. Papa ist echt fiese.

Das kam alles wie ein Blitz aus heiterem Himmel.

Es stimmt schon, real fühlt es sich noch nicht an.

Sag mal ...

... Arata darüber?

Was denkt ...

Hä?!

Sag nicht so abartige Dinge!

Poings ぽとん

Bist scharf auf ihn?

...

... aber sicher denkt er das auch.

Tja, ich habe nichts von ihm gehört ...

Wir sehen uns doch eher als Spielgefährten an.

Wir wissen zwar nun, dass wir nicht blutsverwandt sind ...

... aber wir sind 16 Jahre als Zwillinge aufgewachsen!

Das wäre doch schön.

Tja ...

Es wird sich nichts ändern und wir können uns weiter als ältesten Sohn auf ihn verlassen.

Es mag keine Blutsbande bestehen ...

... aber Shin bleibt weiterhin der Stammhalter.

... würde das den Aktienkurs beeinflussen. Eine öffentliche Bekanntmachung soll sicher vermieden werden.

Wenn herauskommt, dass die sieben Kinder von Kaname Shiunji nur adoptiert sind ...

Tja, im guten wie im schlechten Sinne erhält die Shiunji-Familie viel Aufmerksamkeit.

...

Im Business zählt vor allem der Anschein.

Bamms ばいん

Wieso denn?! Wir haben nichts falsch gemacht!

Irgend-
wie
was?

...

Nein,
nichts
...

Es ist
keine große
Sache, aber
...

...
und nur
weil uns ge-
sagt wurde,
dass wir nicht
blutsverwandt
sind ...

...
ist das
irgendwie
...

Aber es ist
seltsam ... Wir
sind im Glauben
aufgewachsen,
Geschwister
zu sein
...

Was
wäre,
wenn wir
plötzlich
alle
...

...
auf Distanz
zueinander
gehen?

Babumm

Poings
ぽよんっ

Fühlst du dich etwa unsicher?

...

Du bist echt frech, Brüderchen!

Ga... Gar nicht! So ist das überhaupt nicht!

すた Stapf

すた Stapf

... es wird sich nichts ändern.

Wie Banri schon gesagt hat ...

Mach dir keine Sorgen.

Ouka, du bist supersüß und niedlich ...

... und mein geliebtes Schwesterherz.

...

Du
Playboy.

Tja,
zumindest
sind Minami
und ich echte
Zwillinge.

Sagst du Yu
auch solche
Dinge?

Echt
schön,
wie locker
du drauf
bist.

Das än-
dert sich
nicht.

Und
natürlich
...

Tja, anders
ist doch jetzt
nur, dass wir von
der DNA her nicht
verwandt sind.

Also
für eine
Transplan-
tation.oder
Bluttrans-
fusion.

Das
sind doch
komische
Sonder-
fälle.

Das
waren nur
Beispiele.

Und dann
natürlich die
Aufmerksam-
keit, wenn es
öffentlich
würde.

... wäre es für uns Geschwister nun möglich ...

... einander zu heiraten.

Ko...

Kotono?!

KO...

Kotono?!

Häää?!

Laber nicht so abartiges Zeug!

Was soll das denn?

Heiraten?!

Was soll das, Shion? Hast du immer so seltsame Gedanken?

Ich meinte, dass allein die Idee abartig ist.

... dass wir dieselben Adoptiveltern haben, ist rechtlich ohne Belang.

Wir sind keine leiblichen Geschwister ...

Das waren doch nur Beispiele.

Jetzt sagst du wieder so was ...

Überhaupt nicht. Ich bin nur unfassbar glücklich darüber, dass ich wunderschöne, nette Schwestern habe.

Die Pubertät macht bei Jungs komische Sachen mit dem Gehirn oder so.

Aber ich würde mich nicht wundern, wenn Perverso irgendwie komische Gedanken hat. In letzter Zeit hat er immer so komisch geguckt.

...

Allein bei dem Gedanken kriege ich schon Gänsehaut.

Wie?

Neulich hat er schon »Bist du nicht zu leicht bekleidet?« gefragt. Dabei sage ich ihm immer, dass das abartig ist.

Man muss ihn in seine Schranken weisen.

Ach, stimmt. Die Sache mit Kotono.

Tja, Shin ist auch ein Mann.

Was war denn da?

Sicher hat er sich nur Sorgen gemacht.

Als wir reinkamen, saß er über Kotono.

Ach ... Im Game Room ....

Shion, hast du irgendetwas gehört?

...

Clever ...

Aber es muss dafür doch einen Grund gegeben haben, oder?

Ich mach nur Witze drüber.

In Wahrheit denke ich nicht, dass Arata Abschaum ist, der lüstern über Kotono herfallen würde.

Ach, aber ich soll nichts sagen ...

Shin hat mich darum gebeten.

Sie hat gesagt, dass sie ihn liebt?!

Häää?!

Zumindest meinte Shin das ...

Kotono hat das zu Arata gesagt?!

Ist das wahr?!

Jedoch schien Kotono es nicht verstehen zu wollen ...

Er meinte, dass es nicht geht, weil sie Geschwister sind ...

Sonst kommt noch jemand.

Und schrei nicht so ...

Und was hat Arata gesagt?!

Er wollte sie aufhalten und dann kam es zu dieser Situation ...

Sie hat ihn wohl umarmt ...

... verletzt wird.

Shin wollte nicht, dass wir es alle wissen, weil Kotono dadurch vielleicht ...

Ich kriege Kopfschmerzen!

Das klingt glaubhaft.

Echt peinlich!

Tja, man sieht es ihr nicht an, aber Kotono macht manchmal unfassbare Dinge.

...

In ihrem Alter vermischt man doch leicht »Respekt« und »Bewunderung« mit »Liebe«!

Tja, vielleicht hat Kotono es auch nur falsch verstanden!

Sie sind ja keine Geschwister!

Aber wenn das stimmt ist das doch gefährlich, oder?

Nun ja ...

Ähm ...

Das mag schon sein ...

Sag mal ...

Aber ...

Ja ...

Tu nicht so erwachsen.

In ihrem Alter? Du bist auch nur ein Jahr älter.

Ouka ... Mein Schwesterherz, du bist auch nur zwei Jahre älter, oder?

Ko...

Ko-
tono!

...!

Moment
mal.

Hey!

Drück

...!

Ich liebe ...

... dich doch ...

Das geht doch nicht!

Was ᵂᵃ... redest du denn da?!

Hä?!

Wieso nicht?

Bin
ich
...

...
ein
böses
Mäd-
chen?

...!

...!

くる Wirbel

ドキ Babumm

!

Du bist
kein böses
Mädchen.

Aber in der Pu-
bertät bildet man
sich manchmal ein,
dass man Personen
aus der nächsten
Umgebung liebt.

…

S…

So ist das nicht …

… spielt unsere Verwandtschaft keine Rolle.

Jedenfalls …

Ich bin nun einmal dein »Bruder«, Kotono.

Ich wünsche mir nur, dass du glücklich wirst.

Bis ich dich als süße Braut sehen kann ...

... bin ich verpflichtet, auf dich aufzupassen.

...

Das eben werde ich vergessen.

Wärm dich schon auf, bevor du rauskommst.

Platsch

... bist sehr, sehr lieb.

Bruder, du ...

... gleichzeitig gar nicht lieb.

Aber ...

... zum Geburts-tag.

Alles Gute ...

Ich würde gerne wis-sen ...

... wie lang die Pubertät ...

... wohl noch anhält.

Wuuusch さささっ Umschau キョロ

Umschau キョロ

...

...

!

Bit-
te.

Na-
tür-
lich ...

... bist du
das ...

Das
Verspre-
chen mit
ihr ...

... habe ich
eingelöst.

... Banri.

... dass
Kotono
so etwas
machen
würde.

Hach ...
Ich hät-
te nicht
gedacht
...

Liegt es an der Geschichte, dass wir nicht blutsverwandt sind?

Das war schon ein komplett verrückter Tag ...

... muss man auf solche Gedanken kommen, oder?

Weil uns so plötzlich gesagt wurde, dass wir keine Geschwister sind ...

... die nicht blutsverwandt sind ...

... können heiraten«.

Ich habe im Internet gesucht.

»Geschwister ...

Ka 4p
Watschack

Es ist rein gar nichts ...

Arata's Room

Es ist nichts ...

Was ?!

Seiha?

Seiha
...

...!

Dafür, dass du dich im Zimmer geirrt hast, sitzt du da aber ganz schön selbstsicher.

Wenn du etwas zu verstecken hast, dann solltest du abschließen.

Hä?!

Wo hast du gesteckt?

Wie unvorsichtig.

I... Ich war nur dort hinten, ja?!

Wo genau soll denn in unserem Haus dort hinten sein?

Ich liebe ...

... dich doch ...

Kotono sollte noch dort sein!

Mist. Ich kann nicht sagen, dass ich im Bad war.

...

Und was treibst du mitten in der Nacht in meinem Zimmer?!

Da... Das ist doch egal.

... es fühlt sich irgendwie groß an.

Schwupp

Jedes Mal überrascht mich, wie einfach dein Zimmer eingerichtet ist.

Von uns Geschwistern ist es das kleinste Zimmer, aber ...

In der Tat hat Ouka damals gewonnen und das größte bekommen.

Erinnerst du dich? Als du zehn warst, haben wir die Zimmer mit Schere, Stein, Papier verteilt.

Bin ich hier bei einer Zimmerreportage im Internet?

Ich schaue nicht so viel YouTube.

オーホ ho ホ ho ホ ho

Ich erinnere mich genau, weil ich der Letzte war.

Zum Glück bist du kein Sammler.

124

Aber
was genau
möchte sie
von mir?

Seiha ist
die Zweit-
älteste
...

Sie
hat mir in
meinem Zim-
mer aufgelauert.
So kurz, nachdem
wir diese Sache
erfahren haben.
Ist sie also des-
wegen hier?

Aber
das sieht
ihr eigentlich
gar nicht
ähnlich
...

Patsch

···
habe
ich null
Ahnung,
was sie
gerade
denkt.

Wie
immer
···

Wusch

Bomm

Ent-
schuldi-
gung.

Hä?

Was?

Schwupp

Mo-
ment
mal!

Hä?!

Ge...

Ge-
heim?!

Sei
ruhig.

Das
bleibt
streng
geheim.

Hä?!

ぴ
Tatsch
と

Was?!

Mal
lang-
sam!

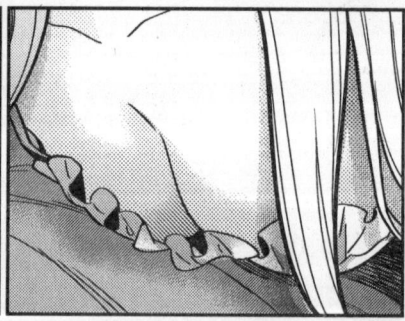

... ein komischer Schalter umgelegt?!

Hat sich bei ihr etwa wie bei Kotono ...

In Ordnung.

Es scheint keine großen Ungewöhnlichkeiten zu geben.

Was für Ungewöhnlichkeiten?!

Hä?! Was soll das?!

?!

Du warst zusammen mit Kotono im Bad!

Ich habe es eben gesehen.

Was?!

...

Ich liebe ...

Sie hat es gesehen?!

... dich doch ...

Etwa alles?!

Waaas?!

Einfach alles.

Wie du vermutest ...

Vo...

Von wann an?!

A... A... A...

Alles?!

... und habe eure Stimmen gehört.

Ich wollte auch gerade ins Bad ...

Erst mal runter von mir!

Halt! Stopp!

Kotonos Gefühle für dich hatte ich schon länger geahnt.

Aber in ihrem Alter kommt es oft vor, dass man Vertrautheit mit dem Bruder als Liebe missversteht ... Jedoch hatte ich es unterschätzt.

So konnte so etwas geschehen.

...!!

Nach den heutigen Ereignissen konnte sie ihre Gefühle nicht mehr zurückhalten.

Du hast dich im Bad einem großen Bruder entsprechend verhalten. Aber würdest du es auch zukünftig schaffen?

Folglich wollte ich objektiv überprüfen, ob du uns Schwestern gegenüber sexuelle Gefühle entwickeln würdest, wenn wir dich bedrängten.

Wie wenig vertraust du mir denn?

Gibt's dafür nicht bessere Wege?

Unter der Prämisse, dass du null Interesse an mir hast, war es am schnellsten, es so auszuprobieren.

Jetzt glaube ich dir.

Hat sie das etwa nur gemacht...

...um ihre Schwester zu beschützen?

Red keinen Blödsinn. Von wegen sexuelle Gefühle.

Sie ist meine Schwester.

Weißt du eigentlich...

... warum Heirat von Blutsverwandten in Japan verboten ist?

...

Was?!

Blu...

Persönliche Gefühle werden dabei vernachlässigt.

Aber die Gründe dafür sind größtenteils gesellschaftlichen Gewohnheit.

Zivilrecht Artikel 734 ist das »Verbot der Ehe zwischen nahen Verwandten«.

Jedoch spielt seit dem Abendessen so eine Logik keine Rolle mehr.

Biologisch gesehen können durch Austausch unterschiedlicher Gene stärkere Kinder geboren werden.

Alter-Männer-Geruch und pubertäre Trotzphase sollen Inzest weiter unterdrücken.

Was?!

Zッ Wusch

Aber wie lange kann Kotono sich in dieser Situation nur aufgrund deines einen Satzes zurückhalten?

Mir kommt das äußerst gefährlich vor.

Wir sind Geschwister ...

... aber wir sind in keiner Weise blutsverwandt.

... gibt es für uns jetzt keine Begrenzungen mehr.

Mit Ausnahme von Minami und Shion ...

Was?!

A... Aber wie gesagt ...

Selbst zwischen Cousins und Cousinen gibt es nur selten Eheschließungen.

Wir könnten also ohne Probleme ...

... eine sexuelle Beziehung eingehen, oder?

Also wirk-lich!

Se... Sexuell?!

Mehr habe ich nicht gesagt.

Das ist die objektive Realität.

... aber rein biologisch wäre es nicht unnatürlich, wenn ich als Lebewesen Objekt deiner Libido wäre.

Staff.
スタ

Ehrlich gesagt würde es mir nicht gefallen, wenn sich deine sexuelle Begierde auf mich richten würde ...

Seiha, du bist unfassbar ...

... die so etwas empfunden hat.

Vielleicht war Kotono nur die Erste ...

Und ... rein formell bin ich jetzt immer noch deine große Schwester.

Red also entsprechend höflich mit mir.

Watschack
カチャ

Tja, bin ich beruhigt, dass dein Puls normal geblieben ist.

Ich bin doch auch ein Mädchen.

Behandele mich also auch so, als wäre ich niedlich.

Knall パ タ ン

...!

Nun gut.

ﾋ Quietsch

Tja, ich verstehe sie schon ... »Hübsche Schwestern, mit denen man nicht verwandt ist.«

Shion würde sicher sagen, dass es zig Romane mit dem Thema gibt.

Was sollte der Mist?

Alter!

Bapfs

Aber wir leben doch schon 15 Jahre zusammen ...

Von heute auf morgen verändert sich das nicht so leicht!

139

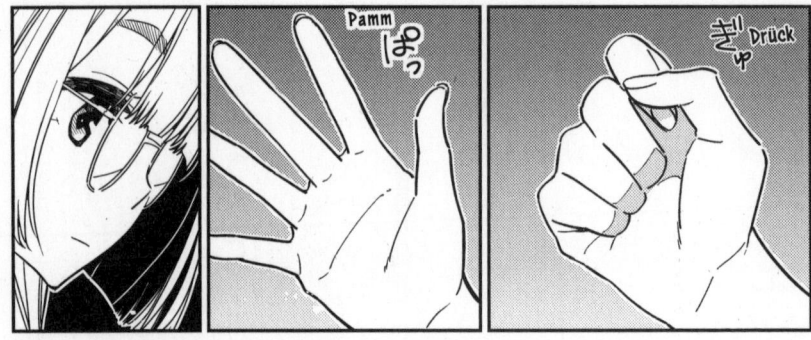

Pamm

Drück

Es gab keine Ungewöhnlichkeiten ...

... oder?

...

Was hast du mit Shin beredet?

Oh! Seiha.

Nichts.

Ich habe nur meine geliehene Lektüre geholt.

Die Kinder
der Shiunji-
Familie

Krass, haben die lange Beine.

Da wir sie heute früh gesehen haben, ist uns heute also Glück beschieden.

Glaubst du an das Drei-Schwestern-Horoskop?

So süße, kleine Gesichter!

Und so weiße Haut.

Sind hier nicht etwas viele Schüler?

Sie wollen sie nun mal alle sehen.

Wie würden sie wohl schauen, wenn sie wüssten, dass es keine echten Schwestern sind?

Nicht so laut.

Ich scherze doch nur.

War nur nicht lustig.

Obwohl sie das Geheimnis kennen, sieht man es ihnen überhaupt nicht an.

Mädchen sind echt geschickt im Lügen, oder?

Wie?

Sie kriegen das aber gut hin.

Ich kann meine Schwestern nur bewundern.

Selbst Kotono ist ganz normal zur Schule gegangen.

Auch wenn sich nicht wirklich etwas verändert hat, haben sie sicherlich auch gemischte Gefühle dabei.

... deshalb muss ich noch die ganze Zeit dran denken.

Ich kann mich nicht auf den Unterricht konzentrieren.

Hach ... Tja, es ist ja erst gestern passiert ...

Bye-bye.

Aber es ist ... natürlich die Wahrheit.

Wir sind keine echten Geschwister. Obwohl uns das gesagt wurde, fühlt es sich nicht real an.

Oh!

... und es wird sich nichts ändern.

Rein gar nichts.

Shion scheint unseren Schwestern irgendeinen Floh ins Ohr gesetzt zu haben ...

... aber wir sind doch noch Geschwister ...

Oh, Mina-mi?

Peace!

Shin!

Grüß dich!

Ja, seit es noch Dinosaurier gab.

Fünfhundert Millionen?

Nein. Nach fünfhundert Millionen Jahren habe ich heute mal frei. ♬

Hast du heute keinen Klub?

Zu dieser Zeit habe ich sie lange nicht am Schuleingang gesehen.

Sie ist für jeden Spaß zu haben und sorgt so für gute Laune.

Sie ist immer auf dem Tennisplatz ...

Unter den Geschwistern ist sie besonders fröhlich und aktiv.

Minami, die Viertälteste.

FWIPP

Ach, ich mache das doch nur zum Spaß.

Obwohl du so einen schlanken Körper hast, denken alle, dass du in Zukunft nach Olympia fahren wirst.

Du warst drei Jahre in Folge Meisterin im Mittelschultennis.

Ich bin stolz auf dich.

Der Klublehrer setzt gewaltige Hoffnungen auf dich.

Aber du bist echt toll.

Shin, du bist doch auch gut im Sport.

Uns trennen ganze Welten.

Ich bin neidisch, weil ich keins habe.

Aber dein Talent scheint dir recht zu geben.

Ich habe aber keine Ahnung.

?!

Lasst uns hin!

Dort!

Trappel

Aaah

Wow! Aus der Nähe bist du ja noch viel schöner!

Freu

Ja, gerne.

Freu

Minami! Können wir mit dir zusammen ein Foto machen?!

Mi...

?!

Weil ich dich bewundere, habe ich mir meine Haare auch kurz geschnitten!

Du bist so cool!

149

Ich habe das Fotoshooting für die Sportzeitschrift gesehen!

Da... Danke.

きゃーっ Kyaaah

Falls du zu Olympia fährst, werden wir dich unterstützen! Viel Erfolg!

Ich feure dich auch sehr beim Tennis an!

きゃーっ Kyaaah

So cool!

Du bist so süß!

Du bist so cool!

Ah ha ha! Vielleicht Fans?

Was war das?

...

きゃ Kyaaah

Ich verwende das Foto für meinen Sperrbildschirm!

きゃー Kyaaah

In letzter Zeit schwärmen viele Mädchen von mir ...

Auch von anderen Schulen.

Als ich auf die Schule kam, hat sich ein Foto verbreitet, auf dem ich Jungssachen anhatte.

Gehst du nach Hause?

Tja, manchmal sollte man sich auch entspannen. Daher wollte ich mich auf dem Heimweg noch etwas amüsieren.

Ich red nur mit mir selbst.

Wie? Was meinst du damit?

Selbst das Interesse der Mädchen wird mir weggeschnappt.

ずーん Depri

...

150

... war da was.

Ähm

Außerdem ...

Hä?! Du bist beim Einstufungstest durchgerasselt?!

Ah ha ha

Und deswegen soll ich heute mal beim Klub pausieren.

Meinte mein Lehrer.

Das ist also weniger frei, sondern vielmehr eine Strafe ...

Lern ordentlich

Wie?

Mensch! Ich hab ja keine Wahl!

Aber in der Shiunji-Familie ist sie bei Tests mit Abstand die Schlechteste ...

Ich war beim Test einfach nur nervös.

Meine Güte. Sportlich ist sie auf dem Topniveau von ganz Japan.

Dein lieber Bruder ...

... wird dir Nachhilfe geben.

Also komm mal mit.

Und hier wird dann ...

... die Formel der ersten Aufgabe eingesetzt.

So aus der Nähe, sie hat echt ein hübsches Gesicht.

Sie ist aber meine Schwester ...

Natürlich ist sie sehr beliebt.

Hm. Hm. Verstehe ...

Starr

Ja! Du bist toll, Shin! Das ist so einfach zu verstehen!

Dann lass uns einfach mal die Probeaufgaben machen.

Die fehlende Blutsverwandt-schaft scheint sich hier negativ auszuwirken.

Warum ist allein sie so ungeschickt, wenn es ums Lernen geht?

Ich habe es vielleicht doch nicht verstanden.

Aber warum machst du dann so viele Fehler?

Nein! Nein! Nein!

In meinem Leben gibt es nur Tennis!

Gib keine Lieder ein!

Wir sind zum Lernen hier.

Oh, es geht los!

Hä?

Was ist das denn für ein Lied?

Ha ha!

Ha ha! Das passt ja perfekt zu dieser Situation!

Ich kann nicht lernen! Das Lernen ist so gar nichts für mich!

Lustig, oder? Ich habe es neulich von Freunden gehört.

Minami war schon früher immer so lustig drauf ...

Aber zumindest bin ich eine Sportskanone!

Hm? Irgendwie lasse ich mich von ihr mitreißen, oder?!

Haben wir nicht gerade gelernt?

Huch?

Jedoch scheint es sie selbst nicht zu stören, wie wild sie ist.

Und mit ihr zusammen etwas zu unternehmen, macht immer einen Riesenspaß.

Das ist die Quittung.

Okay.

...

Es ging nur nicht drum, Spaß zu haben.

Oh! Das hat echt Spaß gemacht!

Ich konnte mich gut entspannen!

Wir waren zum Lernen dort.

Es kommt mir vor, als hätte ich mich am Ende einfach nur mitreißen lassen ...

Wie? Ja ...

Aber gestern sind echt crazy Dinge passiert.

Hm ... Ich kann mir kaum vorstellen, warum er gelogen haben soll.

Minami, was denkst du denn darüber? Also über gestern.

Was Vater gesagt hat.

Aber natürlich interessiert mich, wer meine wahren Eltern sind. Ich will Papa gern noch danach fragen.

Was so etwas angeht, scheint sie sich ja ordentlich Gedanken zu machen.

Das stimmt natürlich.

... wie eine gute Schwester ...

Sie verhält sich ...

Sie ist ... ziemlich sensibel.

Ich sorge mich aber um Kotono, weil sie meine Schwester ist ...

Hey, scherz nicht so.

Nicht so laut.

Ahha ha

Nur ein älterer Schüler von meiner Schule, mein Senpai.

Tja, aber Shin, du bist ja gar nicht mein Bruder.

Besonders dieser Optimismus ...

Sie ist echt toll.

Für mich sind die 15 Jahre, die wir gemeinsam verbracht haben, ein riesiger Schatz!

Ist auch schnurz, wie jetzt genau die Bezeichnung lautet.

158

... auch nicht niedergeschlagen sein, nur weil dein Schwarm einen Freund hat.

Shin, daher solltest du ...

Wie?!

Hä?!

Oooh

Warum ist sie denn so eine Labertasche?!

Wa...
Was redest du denn da?!

Ich habe es von Ouka gehört.

Yokoyama war doch eben da.

Du denkst an deine Geschwister ...

... und bist verantwortungsvoll und rechtschaffen!

Ich weiß, dass du viele gute Seiten hast, Shin!

Du siehst gut aus und bist lustig.

Boing ぴょんっ

Deswegen.

なで Streichel

Streichel なで!!

Ah ha ha!

Wa...

Was soll das?!

!!

Babumm

...

Wollen wir zu Hause *Smash Bros.* spielen?

Ob der Game Room wohl frei ist?

Hey, nicht rückwärts gehen. Du stolperst noch.

Hiiilfe!

Nein, du musst doch lernen.

Tja, wenn noch andere da sind, können wir auch gemeinsam spielen.

Das ist alles so groß!

With me Sea!

Das ist echt voll hier.

Lasst uns zum Piratenschiff!

Passt auf, dass ihr nicht getrennt werdet.

Ich glaube, das ist mein erstes Mal hier.

...

...

Juhu! ♪

Oh, das ist With me!

Kya!

Kya!

Die anderen sind zwar auch mit dabei, aber es fühlt sich trotzdem komisch an!

Urghs. Irgendwie ist dies das erste Mal seit jenem Vorfall, dass ich direkt Kontakt mit Kotono habe!

Hat sie es etwa eingesehen?

Eigentlich verhält sie sich genau wie sonst.

Das haben sie längst verdrängt.

Ihr beiden solltet nicht vergessen, dass wir hier sind, um Kotonos Geburtstag zu feiern.

...!

Wir haben Taschengeld bekommen. Das haben wir Kotono zu verdanken.

With me!!

O... Okay.

Arata, hilf mir mal.

Dann lässt sich das wohl nicht ändern. Ich gehe mal für alle etwas zu essen kaufen.

Banri, kennst du den Weg?

Ich war schon einmal hier.

Aber jetzt sind sie alle weg ...

Ah ha ha

Unsere Geschwister sind echt leichtsinnig.

Vielleicht war es unmöglich zu erwarten, dass sie auf uns warten sollen.

...

p i e p

Es hat ja auch eine Weile gedauert.

Die Schlange war echt lang.

Sie gehen nicht ran.

Mist. Sicher sind sie schon bei einem Fahrgeschäft.

Wollen wir beiden ...

... dann auf ein Date gehen? ♡

Hä?!

Ein Date?!

Hey! Hör auf, an mir zu zerren!

Egal! Komm schon!

A... Aber das Essen!

Nimm mit, was geht, ja?

Zerr

Zerr

U... Und die anderen?

Die treffen wir schon bald wieder.

... aber heute wirkt sie irgendwie anders als sonst.

Banri, die Älteste ...

... ist eigentlich eine verlässliche Schwester ...

Ach, komm schon. Warum denn nicht?

Hey! Klammere nicht so.

With me!!

Lass die Scherze!

Für die Leute sieht es sicher nicht danach aus, oder?

Hi hi ♥

Drück

Hübsch? Ich bin dein Bruder!

Ich habe doch fast nie eine Chance, mit einem so hübschen Oberschüler auf ein Date zu gehen.

... ihr Busen!

Und die ganze Zeit berührt mich ...

Flüster

Huch? Spürst du an deinem rechten Arm etwa die ganze Zeit etwas Weiches? ♥

!!

...

Hast du den mit Absicht an mich gequetscht?!

Das war doch keine Absicht ...

Was soll das denn werden?!

Das sagt sie so ...

Sei mir lieber etwas dankbar dafür.

Ganz ruhig. Betrachte den gemeinsamen Spaziergang mit deiner hübschen Schwester doch als Training.

Aber es tut schon fast weh, wie sehr uns die anderen Typen hier anstarren ...

Selbst unter den schönen Schwestern sticht sie besonders heraus ...

Ich habe gehört, dass sie in ihrer Klasse viele Fans hatte.

Sie verhält sich wirklich seltsam!

Lass uns damit fahren. ♪

Du machst dich nur über mich lustig, weil ich dein Bruder bin!

Oh, wie gruselig.

Zu Hause darfst du sie vielleicht auch ein wenig anfassen ... ♥

Tja ...

Ausnahmsweise.

...!

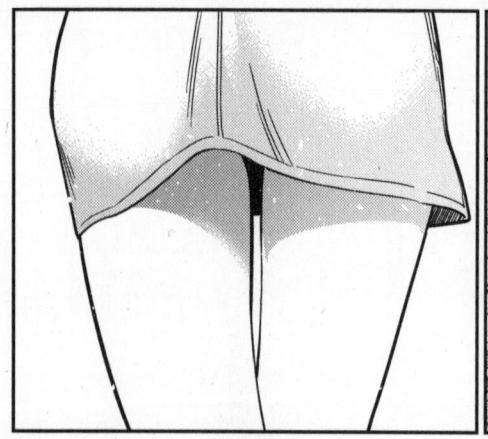

Die anderen sind nicht hier.

Bwatsch

Argh!

Aua!

Mist! Warum beunruhigt mich das alles?

Schau da nicht hin.

Si... Sind Sie verletzt?

Bwatsch

A... Alles in Ordnung, der Herr?

Ah ha! Was machst du denn?

Aber so ist das nun mal.

Wie peinlich!

Alter!

Nur weil ich auf ihren Hintern geschaut habe.

...!

So süß. ♥

Wusch

... kleiner Arata!

Hoch mit dir ...

Hach! Das hat Spaß gemacht!

Das war ganz schön aufregend oder?

Waaah!

Kyaaah!

Oder hast du das etwa nur für die anderen geholt?

Ich habe Hunger.

Wusch

Das passt schon.

Kann ich das schon mal essen?

Rede nicht so, als wären sie schon ewig weg.

Tja, dass sie sich nicht melden, ist ein Zeichen, dass es ihnen gut geht. ☆

Soll ich anrufen?

Irgendwie treffen wir die anderen gar nicht.

Lecker!

Hamm!

Nun ja. Die anderen werden sicher nicht schimpfen.

Und es in Taschentuch gewickelt in der Tasche zu haben, ist auch doof.

Tja, wir können sonst etwas Neues kaufen.

Meine Güte ...

Nur in solchen Momenten lacht sie noch wie ein Mädchen.

... im Grunde ja so wie sonst.

Sie ist ...

... über die Geschichte unseres Vaters?

Aber was denkt sie denn eigentlich ...

Ach ...

Wie?

... denn gar nicht?

Kümmert dich die Geschichte von Vater ...

Ähm ...

Sie ist so ruhig ...

Ich möchte ihn erst mal bitten, mir mehr Einzelheiten zu verraten.

Aber sollte mich davon nicht mitreißen lassen.

Tja, ich war tatsächlich überrascht davon.

Ich kann das nicht alles erzählen.

...!

Es ist komisch, dass du so still bist.

Ist denn etwas passiert?

!

... seit mir das gesagt wurde.

... keine Geschwister.

Ihr seid ...

Ich bin schon etwas unsicher ...

Nein ... Nun ja ...

... dass sich zwischen uns Geschwistern nichts ändert.

Ich möchte eigentlich nur ...

176

Du ver- hältst dich wie ein kleiner Bruder!

Wuschel

Wuschel

...!

Schon wieder?

Hä? Was? Du bist so süß!

...

Da...

Das ist doch schon ewig her!

uwääääh!

Wenn Ouka und die anderen dich zum Weinen gebracht haben, bist du immer zu mir gelaufen.

Außerdem bin ich fest entschlossen.

...

dass ich die Älteste der Shiunji-Familie bin.

Seit mir bewusst ist ...

Du machst dir viel- leicht Sorgen ...

Tja, ihr seid jedoch alles noch Schüler.

...

aber wir haben uns doch bis jetzt auch immer gegenseitig unterstützt.

Ich habe entschieden, dass ich meine Geschwister ...

... mit meinem Leben beschütze.

Du brauchst dir keine Sorgen machen, Arata.

Ich werde euch also immer beistehen.

Es ist Banri! Lauft weg!

Hey, stehen geblieben!

... etwa schon wieder gepiesackt?!

... war Banri immer die Coolste.

Habt ihr Arata ...

Schon früher ...

Moment mal!

Genauso war es ...

!

Sie war immer meine geliebte Schwester ...

Dann lass uns mal gehen.

カタン
Polter

Ah!

Hoppla. Da liegen Essensreste.

Wusch
ヒゅっ

Wie?!

180

Blotsch どろ

ずしょ Sabtsch

Brabbel

Brabbel

Nein, schon gut.

Entschuldige dich auch!

Entschuldige dich.

I... Ich bitte um Entschuldigung!

Dabei warst du so schick angezogen.

Wisch

Warum machst du so einen Unsinn?

Du bist ja komplett durchnässt!

Warte, Arata?!

Bist du in Ordnung?!

Ich werde dich beschützen.

Wie?

Sicherlich bleibt nach dem Waschen trotzdem ...

... ein Fleck zurück ...

Ich be-
schütze
dich
...

...
weil
ich dein
Bruder
bin.

Ich
bin der
Bruder
...

...
meiner
geliebten
Schwes-
ter.

... die beiden!

Ich dachte, hier würde es Ärger geben.

Oh! Da sind sie ja ...

Ist das wirklich okay für dich?!

Ich denke schon.

Du bist ja komplett darin gebadet.

Wie sehr kann man bitte seinen Saft verschütten?!

Das ist nur verschütteter Saft.

Und warum bist du pitschnass?

Wo wart ihr denn?

...

Äh, ja.

Banri, komm mit.

Komm schon. Ich bin doch deine Schwester.

Hä? Wieso das denn?

Sag mal, Arata. Darf ich deine Hand halten?

Er ist ein wenig erwachsener geworden, oder?

ワイ Zänk
ワイ Freu

Und du siehst wie eine Prinzessin aus, Ouka.

Das leuchtet alles so wie in einem Hollywoodfilm.

Fast so wie Yomotsu Hirasaka.

Der Weg ins Totenreich? Das ist echt gruselig.

...

'kay.

Lass uns kurz auf Toilette.

Okay.

Ich muss auch.

Würdet Ihr mir diesen Tanz schenken, mein Prinz.

Aber gerne.

Freu dich nicht so.

185

Kotono hat Arata das ge-sagt?!

Hä... Häää?!

E... Erzähl uns das genauer!

Bist du dir sicher, Seiha?!

Wa... Was?! Jetzt mal langsam! Was soll das denn?!

Und was hat Arata ge-macht?!

Im Bad?! Das ist doch krass, oder?!

Um-armt ?!

Kotono scheint ihn im Bad umarmt zu haben.

Ich habe es mit Arata überprüft und anscheinend stimmt es.

Überprüft? Aber wie denn?

Ich habe auch schon überprüft, dass es keine sexuelle Erregung bei ihm gab.

Er hat sich als ermahnender großer Bruder gegeben.

Ich habe etwas Ähnliches gemacht.

Unter einem Dach könnte es für Chaos sorgen. Daher musste ich es schnell klären.

Ich habe mich ihm angenähert und seinen Puls gefühlt. Dabei hat es es keine Ungewöhnlichkeiten gegeben.

Was?!

Ähnliches?!

Bestiegen ...

Deswegen solltest du ihn jetzt echt nicht bewundern, oder?!

Das überrascht mich.

Wie? Aber Arata hat davon kein Herzklopfen bekommen?

Staaarr

Ich habe ihn wie ein Pferd bestiegen.

Angenähert? Was meinst du damit?

188

Bei mir war es ein Experiment.

Als Kind habe ich das oft gemacht.

Kotono hat ihn nackt umarmt und Seiha hat ihn bestiegen ...

Ich kann das echt nicht begreifen.

Deswegen sollten wir uns als Schwestern einen gemeinsamen Weg suchen ... um dieses Problem zu lösen.

Das bedeutet, dass dieser Vorfall allein von Kotono ausging.

So wie ich sie kenne, sollten wir vielleicht erst mal nicht darüber reden.

Se

Aber wie sollen wir das lösen? Schimpfen bringt sicher nichts ...

M

Stimmt ... Sonst verwirrt es sie noch mehr.

B

Da stimme ich zu. Die Hormone machen sie sicher verrückt.

Trotz ihres Aussehens kann sie manchmal überraschend wild sein.

Tja, Kotono ist in einem schwierigen Alter ... Sicher meint sie das nicht ernst.

Ach, im Game Room ...

Es gab doch schon den anderen Vorfall, oder?

Hm? Warum schweigst du, Ouka?

...

Oje. Eine Wiederholungstäterin ...

Dann war das schon das zweite Mal?!

Arata hat sie nur beschützt ...

Shion hat mir erzählt, dass auch dort eigentlich Kotono angefangen hat.

Jetzt ist der Kontext zumindest etwas klarer.

Wie?

Nein, das muss nicht sein! Es könnte dennoch aus dem Affekt heraus passiert sein!

Also meint Kotono es vielleicht doch ernst?!

... die eh schon am Brodeln waren, noch mehr angeheizt.

Vielleicht hat die Geschichte, dass wir nicht blutsverwandt sind, Kotonos Gefühle ...

...

...

Ich habe auch versucht, etwas mit Vater zu reden, aber es braucht wohl etwas Zeit, bis ich das akzeptieren kann ...

!

Wovon redest du?

Se

Doch wenn man plötzlich hört, dass die eigene Familie gar nicht echt ist, dann gerät man natürlich etwas in Panik!

Tja, es ist aber schwer zu glauben, dass sie es ernst meint.

Über meine Eltern wusste er auch nichts ...

Ich habe wegen meiner Herkunft gefragt.

Wir sind im Grunde alles Waisen- kinder.

...

...

...

Na ja, Kotono ist nun einmal die Jüngste.

Das stimmt natürlich. Wir alle scheinen es ja irgendwie wegstecken zu können.

Dann wird schon nichts Komisches passieren!

Tja, jeden- falls sollten wir Kotono erst mal im Auge be- halten.

Wenn Arata kein Interesse hat, müssen wir nur vorsichtig bleiben.

Wir haben auf die Karte geschaut.

Wo wart ihr denn?

...

Ich will mit dem Geisterschiff fahren.

Kommt. Die drei sind auch schon zurück.

Ich auch.

...

Dahinten ist noch der Souvenirladen.

Nein ... Alles gut.

Kotono, was ist mit dir? Es ist doch dein Geburtstag.

Möchtet ihr mit noch etwas fahren?

Hach. Wir haben echt viel Spaß gehabt.

Ich bin irgendwie erschöpft.

Hach

Ich will lieber ein Kuscheltier.

Ich muss mir eine With-me-Figur kaufen!

Sie sind ja hart bei der Sache.

Zum Glück hat sie sich wieder beruhigt.

Kotono war auch genau wie immer.

...

Ihr seid ...

... keine Geschwister.

Erst die Offenbarung unseres Vaters. Und dann die Sache mit Kotono.

In den letzten Tagen ist viel passiert.

... selbstverständlich alle Geschwister ein wenig.

Aber wenn man so eine Geschichte hört, dann verwirrt das ...

Unser Vater war sicher auch besorgt ...

... ob das die Bande zwischen uns Geschwistern zerstören könnte.

... konnten wir hier wieder Spaß haben ...

... als wäre nichts gewesen.

Ich konnte zuerst auch meinen Ohren nicht trauen.

Aber nach der ersten Aufregung ...

Sei ganz beruhigt, Vater ...

... ganz sicher war es nicht einfach, es vor uns allen geheim zu halten.

Auch wenn ich die genauen Gründe von Vater nicht kenne ...

194

Zwischen uns sieben wird sich

...

... nichts ändern.

Ist es schon so weit?

So schön ...

Oh! Feuerwerk!

* Bei Feuerwerk rufen Japaner oft den Namen dieses alten Feuerwerksherstellers.

...

...!

Tama-ya*!

...

Wie? Das freut mich echt!

Knircks

Wuuusch

Ich dachte, es wäre Yokoyama!

Wie peinlich...

D... Das hat mich überrascht.

Ga... Gar nicht! Ich habe aber kein Interesse an Souvenirs!

Versteckst du dich?

Was machst du hier denn so alleine?

Wie? Dafür hast du dich aber etwas zu sehr erschreckt, oder?

びくっ

Zuck

Kauf dir lieber selbst etwas, ja?

Ein wenig Sammellust hat noch niemandem geschadet.

Wie?

... mit dir reden.

Ich wollte ein wenig ...

Nun ja. Bis vor drei Tagen waren wir Zwillinge, oder? Es gibt viel zu reden.

Hör auf, das so zu sagen.

Für mich bist du weiterhin ...

... meine Zwillingsschwester.

...

Das weiß ich nicht ...

Und warum?

Es wär doch bescheuert, der Realität nicht ins Auge zu schauen, oder?

... dachten wir, dass wir gedanklich verbunden sind, oder?

!

Aber erinnerst du dich? Weil wir überzeugt waren, dass wir zusammen im Mutterleib waren ...

Es kam mir so vor, als könnte ich immer sofort erraten, woran du denkst.

Bei Schere, Stein, Papier haben wir zehnmal hintereinander unentschieden gespielt. Die anderen sagten auch, wir wären Zwillinge.

...

D... Das ist doch eigentlich egal ...

Hä?!

Fortsetzung in Band 2

Die Kinder
der Shiunji-
Familie

Die Kinder der Shiunji-Familie
wird in 13 Bänden abgeschlossen

Habt ihr alle Geschwister? Mir kam die Idee für
dieses Projekt, weil ich so etwas bei *Rental Girlfriend*
nicht wirklich zeichnen kann. Es begann also alles mit
der Idee, dass ich einen Manga zeichnen möchte, der
sich um das Thema »Geschwister« dreht.

Man ist zwar immer eine Familie, aber manchmal fühlen
sie sich fremd an. In einem Moment sind sie die besten
Freunde und dann wieder erbitterte Rivalen. Ich habe
zwei solcher Geschwister.

Am 15. Juni 2022 erschien der erste Band von
Die Kinder der Shiunji-Familie in Japan und die Serie
wird mit 13 Bänden abgeschlossen.
Das Ende steht also im Grunde schon fest.

Es ist seltsam, aber manchmal denkt man, dass alles
nur Zufall ist, während man in anderen Momenten einen
Wink des Schicksals spürt. Es würde mich sehr glücklich machen, wenn die ewig aufregende Jugend dieser
Brüder und Schwestern euch allen ein wenig Freude
im Alltag bringen könnte.

Bitte bleibt mir auch weiterhin treu.

Reiji Miyajima

Ich darf diesen Manga beim Zeichnen unterstützen. Ich wünsche allen Spaß beim Lesen! Ich habe es schon an vielen Stellen gesagt, aber es ist wirklich reiner Zufall, dass ich den gleichen Vornamen wie Herr Miyajima habe. Sorry, dass er nur mit Hiragana geschrieben wird ... 😣

Eigentlich haben sich unsere Zeichnungen gar nicht geähnelt, aber ich bemühe mich tagtäglich, an Herrn Miyajima heranzureichen. 🙇

Ich hoffe, ihr bleibt bis zum letzten Kapitel tapfer dabei!

雪野れいじ
Reiji Yukino
X
@reiji000

キリッ
pling

altraverse

Deutsche Ausgabe / German Edition
Altraverse GmbH – Hamburg 2025
Aus dem Japanischen von Lasse Christian Christiansen

SHIUNJIKE NO KODOMOTACHI
by Reiji Miyajima, Reiji Yukino
© Reiji Miyajima 2022
All rights reserved.
First published in Japan in 2022 by HAKUSENSHA, Inc., Tokyo.
German language translation rights arranged with HAKUSENSHA, Inc., Tokyo.
through Tuttle-Mori Agency, Inc

Redaktion: Jörg Bauer
Herstellung: Marilis Pästel
Lettering: Vibrant Publishing Studio

Druck: Nørhaven A/S, Viborg
Printed in Denmark

ISBN 978-3-7539-3161-6
1. Auflage 2025

www.altraverse.de